La Puce,
détective rusé

Cet ouvrage a été sélectionné par le ministère de l'Éducation nationale.

Le catalogue de la collection « Romans » est disponible
chez votre libraire ou sur simple demande.
casterman
87, quai Panhard-et-Levassor
75647 Paris cedex 13

www.casterman.com

Maquette : Muriel Lefebvre

ISBN : 2-203-15819-0

Imprimé en Espagne. Dépôt légal : janvier 2006 ; D. 2006/0053/331

Déposé au ministère de la Justice, Paris
(loi n° 49.956 du 16 juillet 1949 sur les publications destinées à la jeunesse).

Sarah Cohen-Scali

LA PUCE, DÉTECTIVE RUSÉ

Illustré par Christophe Besse

casterman

À Michaël

1

Saccages en série

Comme tous les matins, à six heures précises, Mme Leroi s'apprêtait à ouvrir sa boulangerie-pâtisserie. Tout en frottant ses yeux encore ensommeillés, elle fit tourner la clé dans la serrure. Elle entra, bâilla un bon coup et repoussa la porte derrière elle. Au bruit que fit celle-ci en claquant, elle sursauta, puis sourit de son effroi. Elle tâtonna pour trouver le bouton de l'interrupteur et appuya : la lumière éclaira la boutique. Mme Leroi, horrifiée, fit un bond en arrière et se colla contre la porte…

Son magasin avait été sauvagement saccagé. Les vitres étaient brisées et il n'y avait plus un seul gâteau sur les plateaux où elle les avait déposés la veille au soir. Le sol était couvert de débris de verre, de brioches écrasées, maculé de crème pâtissière, affreusement souillé de mousse au chocolat.

Sur cette immonde marmelade, Mme Leroi, terrifiée, distingua très nettement des empreintes... Elle hurla.

En entendant son cri, M. Pierrot, le propriétaire du café d'en face, se précipita à son secours. Arrivé sur le seuil de la boutique, il reçut dans ses bras Mme Leroi évanouie, mais la lâcha aussitôt : il avait vu les empreintes.

À la même heure on entendit des cris d'épouvante rue de la République, puis place Du Breuil, et enfin au coin de la rue Collet et de l'avenue Pernais, c'est-à-dire dans trois autres pâtisseries. Le commissaire Nullos, prévenu immédiatement, se rendit sur les lieux avec ses hommes.

Après un examen approfondi des empreintes laissées dans les quatre boutiques, il n'y eut plus aucun doute possible : durant la nuit, un tigre s'était promené dans la ville et avait dévalisé des pâtisseries...
Le commissaire, avec une logique implacable, raisonna rapidement : la ville étant située dans une zone civilisée et non en pleine jungle, le tigre appartenait donc au zoo le plus proche. Évidemment, le fauve aurait dû s'attaquer à de la viande plutôt qu'à des gâteaux, mais Nullos laissa de côté cet aspect du problème. Après tout, il avait vu bien d'autres choses biscornues au cours de ses enquêtes. Il interrogea le directeur du zoo, mais celui-ci fut catégorique :
— Commissaire, affirma-t-il, je suis persuadé qu'aucun de mes félins n'a pu s'échapper cette nuit. Ils répondent tous présents à l'appel du matin.
Le commissaire n'avait guère confiance. Il fit installer des portes blindées sur les cages des tigres, mobilisa toutes ses brigades aux diverses entrées du zoo et, pour sa part, passa une nuit bien tranquille, croyant le dossier classé.
Mais le lendemain, le standard téléphonique du commissariat faillit exploser : six autres pâtisse-

ries avaient été assaillies pendant la nuit. On y avait retrouvé les mêmes empreintes que la veille. Les bataillons Nullos, armés jusqu'aux dents, quadrillèrent la ville entière mais, durant toute la journée, on ne trouva pas la moindre trace du tigre. Vers vingt heures, à la tombée de la nuit, les pigeons, qui de coutume se massaient sur la Grand-Place pour picorer les graines que leur jetait quelque vieille dame solitaire, s'envolèrent tous sans manger. Les oiseaux en cage se blottirent, effarouchés, contre les barreaux de leur geôle, le plumage hérissé, tandis que les perroquets répétaient sans trêve : « J'ai la pét… pét… pétooche ! J'ai la pétoooche ! »
Tout laissait croire que, durant cette troisième nuit, le tigre sortirait à nouveau de sa tanière…

2

Polo a des visions

Polo le Poivrot arrangea sa couverture sale et mitée et releva le col de son vieux manteau, car il ne faisait plus très chaud.
Comme toutes les nuits, il allait dormir à la belle étoile.
Il n'avait pas peur, il était bien trop vieux pour croire à ces histoires de tigre qui se balade pendant la nuit. Il était plutôt content, car depuis que le tigre semait la terreur, il n'y avait plus un chat dehors la nuit. Les jeunes effrontés, qui d'habitude lui chatouillaient la plante des pieds pendant son sommeil ou lui cachaient sa bouteille de vin, avaient tous prudemment regagné leur logis.
— Au moins, dit-il à voix haute, depuis qu'y-z-ont tous peur de c't'animal, j'ai la paix. J'ai toute

la Grand-Place pour moi ! Y a pu un pelé dehors, dis donc ! C' qu'y peuv' êt' cinglos tout de même ! Y boivent que de l'eau et y délirent ! Y prennent leurs trottoirs pour la savane ! Un tigre ici, tu parles d'une salade !... Allez, viens ma poupée, tu t' couches ici bien sagement à côté d' Polo... Attends ! Une p'tite goutte avant l' dodo...

Il ouvrit la bouteille de vin qu'il avait posée très délicatement près de la vieille besace qui lui servait d'oreiller et but une bonne rasade.

— Ah ! Ça vous réchauffe la tripe !... Bon sang ! J'ai une p'tite dalle moi... J' mangerais ben un p'tit que'qu' chose...

Il fouilla dans sa besace et ne trouva qu'un paquet de petits-beurre qu'il avait chapardé à l'épicerie du coin dans l'après-midi.

— Bah ! C'est mieux que rien ! se dit-il, et il commença à ouvrir le paquet.

Il s'arrêta tout à coup de froisser le papier d'emballage car il lui avait semblé entendre un bruit inhabituel derrière lui.

— Eh là ! cria-t-il pour se donner de l'assurance, qui c'est-y qui vient m'causer à c't' heure ? L' marchand d' sable, l'est déjà passé !

Polo prit un biscuit et le croqua. Il en mit un

deuxième à la bouche, mais le retira aussitôt : le bruit se rapprochait de plus en plus…

Un bruit de pas…

Ou plutôt de pattes…

Des pattes de velours, agiles et souples…

— Eh ! Qui c'est l'lourdaud qui veut jouer au Gros Minet ? balbutia-t-il.

Et il entendit sa voix résonner dans la nuit sans la reconnaître, tant elle tremblait.

— Mon vieux, si… si tu t'approches, j'te casse ma bouteille sur la tronche, ce s'ra du gâchis mais tant p…

Il ne put poursuivre.

Deux immenses yeux verts, presque phosphorescents dans la nuit noire, le fixaient de leur regard intense.

Polo ferma les siens puis les rouvrit très rapidement. Non, il n'avait pas la berlue : en face de lui, il n'y avait pas seulement deux yeux, il y avait aussi une longue paire de moustaches, des babines retroussées sur des crocs bien blancs, quatre pattes, une robe noir et jaune, une queue, bref, tout ce qu'il fallait pour faire un tigre…

LE TIGRE !

— Nom de nom ! suffoqua Polo.

Il plongea son regard dans celui de l'animal et le fixa sans ciller, totalement immobile. Il se souvenait vaguement que c'était l'attitude à adopter face à ce genre de bestiole.
Il ne bougea plus d'un pouce...
Une minute s'écoula, deux... dix mille peut-être... Tout à coup, le tigre se recroquevilla sur lui-même, détendit lestement son corps et bondit.

3

Nullos dans le yaourt

Nullos était dans une situation bien inconfortable. L'enquête piétinait et la ville cédait à la panique. Dans son bureau, face à une tasse de café froid, il réfléchissait et la fumée lui sortait des oreilles.

— Mais qu'est-ce que c'est que ce tigre qui sort la nuit pour se bâfrer d'éclairs au chocolat et de religieuses à la praline ? demanda-t-il au marc de café, qui n'en avait d'ailleurs pas la moindre idée.

Puis il pensa à Polo le Poivrot… Le tigre l'avait attaqué juste pour lui chiper son paquet de petits-beurre. Cette andouille s'était évanouie au moment où le tigre lui avait sauté dessus et s'était réveillée sans une égratignure, rien, pas même la trace d'un bleu. Allez y comprendre quelque chose !

Nullos appela le sergent-chef :
— Qu'on ne me dérange pas ! Je suis sur une piste pour l'affaire du tigre !
Il ferma la porte de son bureau à double tour et décida de faire un petit somme. En général, dormir lui donnait des idées… Il ronfla pendant un quart d'heure et fut réveillé par la sonnerie du téléphone. Il décrocha en pestant : lorsqu'on interrompait ainsi son sommeil, ses idées se faisaient la malle, déjà qu'elles n'étaient pas très nombreuses…
C'était une voix de femme :
— Commissaire Nullos ? Je vous appelle au nom de toutes les mères de famille. Nous sommes très inquiètes. Vous n'allez pas laisser ce tigre en liberté dans la ville ? Même si pour l'instant il ne mange que des gâteaux, il est dangereux ; il peut très bien attaquer un enfant lorsqu'il prend son goûter. Vous avez assez perdu de temps. Une fois de plus, vous prouvez votre incapacité. Qu'attendez-vous donc pour faire appel au détective La Puce ? Lui seul peut nous sortir de cette impasse !
Le commissaire n'eut pas le temps de placer un mot, la femme lui raccrocha au nez. La sonnerie du téléphone retentit à nouveau :

— Allô Nullos ? T'as pas encore compris qu' t'es bon à rien ? Une fois qu'y aura plus un seul gâteau, comment tu crois qu'elle va s' nourrir la grosse bête ? Elle nous bouff'ra tous ! Qu'est-ce que t'attends pour demander un coup d' main à La Puce ?

Toute la journée, le commissaire reçut des appels de ce genre. Détective La Puce ! La Puce ! Ils n'avaient donc que ce nom-là à la bouche ? De toute façon, c'était toujours la même histoire, chaque fois qu'une affaire était un peu délicate, on ne lui laissait pas le temps de la régler. Il fallait que La Puce s'en mêle, dénoue le mystère et

remporte les honneurs ! Même au commissariat, il sentait bien que, depuis le début, ses hommes n'avaient qu'une idée en tête : appeler La Puce.

— Crénom de tonnerre de gidouille ! conclut Nullos, alors que le soir tombait, on verra bien s'il peut s'en sortir cette fois !... Sergent ! Passez un coup de fil au détective La Puce ! Dites-lui que nous avons besoin de ses services !

— Eh ben mon cochon ! c'est pas trop tôt ! marmonna le sergent en composant le numéro.

4

Ne quittez pas

La sonnerie du téléphone retentissait pour la cinquième fois. Mme Legrand rouspéta ; elle était en train de faire une pizza et ses mains étaient pleines de farine.

— Ah ! ce téléphone ! maugréa-t-elle. Il faut toujours qu'il sonne au mauvais moment. Et ce gosse qui reste planté devant la télévision. Rien ne le ferait bouger !

Elle se rinça rapidement les mains et fonça dans l'entrée pour décrocher.

— Allô oui !

— Madame Legrand ? Commissariat de police à l'appareil. Excusez-nous de vous déranger, est-ce qu'il serait possible de parler à...

— Ça y est ! Ça il fallait s'y attendre ! interrompit Mme Legrand encore plus agacée. Ne quit-

tez pas, je vous l'appelle… La Puce ! C'est pour toi !
La Puce fit semblant de ne pas entendre. Il était confortablement installé sur le sofa. Gros Blair, son chien, avait posé sa bonne grosse tête pleine de poils sur ses genoux et tous deux regardaient *Disney Channel* en grignotant des chips et des cacahuètes.
— La Puce ! cria Mme Legrand à nouveau, c'est le commissaire Nullos à l'appareil !
À ce nom, Gros Blair leva le museau.
— J'en étais sûr, dit La Puce, c'est pour le tigre ! Nullos doit pédaler dans le yaourt ! Allez ! Bouge-toi, Gros Blair !
Il se leva et prit le téléphone. Gros Blair colla sa tête contre le combiné pour entendre la conversation. Cela ne lui demandait aucun effort, vu qu'il était presque aussi grand que La Puce.
— La Puce, j'écoute !
— Bonjour La Puce, j'aurais besoin… il faudrait que… pour… bafouilla le commissaire à l'autre bout du fil.
— Compris, c'est pour le tigre ! Préparez tout comme d'habitude et envoyez une voiture nous chercher, mais pas avant une demi-heure, on veut voir la fin du *Disney Channel* !
Et il raccrocha.

5

LE DOSSIER TIGRE

Le commissariat était en ébullition en attendant La Puce et Gros Blair. Tout le monde se faisait une joie de revoir le futé bambin accompagné de son briard si drôle.

Dans le bureau du commissaire, on avait remplacé les bouteilles de bière par des canettes de Coca et le boucher du coin avait apporté son plus bel os, entouré d'un ruban rose, à l'intention de Gros Blair.

Celui-ci fonça directement dans le bureau de Nullos, il connaissait le chemin.

— Détective La Puce, dit le commissaire, voici le dossier. Je vous avertis tout de suite, il est plutôt maigre ! Le tigre sort la nuit et demeure invisible durant la journée. La seule preuve que nous ayons de sa présence, ce sont ses

empreintes. Vous pourrez jeter un œil sur les photos.
— C'est bon ! répliqua La Puce ; laissez-nous seuls ! Gros Blair et moi avons besoin de nous concerter !
Le commissaire se retira en râlant dans sa barbe : ce gosse, tout de même, il avait une façon de lui parler ! Il n'arrivait pas à s'y faire...
— Bon ! Gros Blair, dit La Puce en ouvrant un Coca, avant de faire travailler ton nez, raisonne un peu !... Ce tigre aime les gâteaux, il a du goût, c'est sûr, mais ce n'est vraiment pas un tigre ordinaire. Il ne sort pas du zoo, donc, on sait déjà d'où il ne vient pas et on peut essayer de savoir où il va... À ton avis, où ?
Gros Blair baissa complètement la queue, la fit passer entre ses pattes et l'aplatit contre son ventre, ce qui signifiait : « J'en sais rien ! »
— Moi non plus, conclut La Puce. Pourtant, si on ne le voit pas pendant la journée, c'est que : soit il se cache, soit il a le pouvoir de se rendre invisible... Qu'en penses-tu ?
Gros Blair fonça sous le bureau et essaya de disparaître derrière la corbeille à papiers, ce qui, vu sa taille, était malaisé.
— Oui, tu as raison, je crois aussi qu'il se cache

quelque part. Le tigre invisible, ce n'est pas possible... Mais où ? Comment savoir où ?
Gros Blair plongea sa patte dans l'écuelle d'eau posée à terre à son intention, puis la posa, mouillée, sur le parquet.
— En examinant les empreintes ? Bien sûr, mon Blairo... Alors, voyons voir...
La Puce feuilleta le dossier que lui avait laissé le commissaire.
— Le dossier montre que les empreintes disparaissent toujours au coin des rues du Chemin et de l'Arrivée. À partir de là, toutes les recherches ont été vaines, on ne trouve plus rien.
Gros Blair fonça vers la porte.
— Attends ! Minute ! On ne va pas y aller tout de suite ! Tiens, viens voir ! Regarde un peu les photos des empreintes !
La Puce posa les photos à terre sous le museau de Gros Blair. Comme les longs poils qui lui tombaient sur les yeux le gênaient pour voir, La Puce les lui releva et les attacha avec un caoutchouc. Puis tous deux demeurèrent silencieux

devant les photos. Au bout de quelques minutes, ensemble ils relevèrent brusquement la tête et se cognèrent violemment.

— Tu as vu quelque chose de bizarre toi aussi ? demanda La Puce en se frottant le front. À toi l'honneur ! Montre-moi !

Gros Blair posa sa truffe humide sur la photo, désignant précisément l'empreinte de la patte arrière gauche de l'animal.

— Exact, Gros Blair, t'es un chef ! La patte arrière gauche est légèrement différente des autres. On dirait qu'il y manque quelque chose… Mais quoi ?… Je n'arrive pas à voir ce que c'est… Y a comme un blanc… comme si… oui, c'est ça, comme s'il avait une griffe cassée ou carrément en moins… Et bien sûr, Nullos, lui, n'a rien vu… Quelle tarte molle ! Bon, eh bien mon Blairo, demain on va au coin des rues du Chemin et de l'Arrivée, et on essaie d'y trouver un tigre qui aime les gâteaux et qui a une griffe en moins à la patte arrière gauche !

— Waf ! grogna Gros Blair en baissant la queue.

— Oui, je sais, ça va pas être du gâteau !

6

Sur la piste du Tigre

Nullos, dans la voiture, ronchonnait.

— Je ne vois vraiment pas, La Puce, pourquoi vous vous entêtez. Puisque je vous dis que nous nous sommes déjà rendus, mes hommes et moi, au coin des rues du Chemin et de l'Arrivée. Il n'y a rien. Les empreintes disparaissent, c'est tout. Tiens, nous y voilà ! Vous allez pouvoir vous rendre à l'évidence.

La voiture s'arrêta devant une petite maison entourée d'un jardinet. L'endroit semblait paisible et ne présentait aucune particularité. Gros Blair dégringola littéralement hors de la voiture. Il paraissait surexcité.

Il se mit à renifler le sol devant l'entrée du jardinet, en faisant un bruit de soufflerie. Tous ses poils se hérissaient et sa queue se dressait en

panache au-dessus de son derrière. Cela signifiait que l'endroit était fort intéressant. Tout à coup, il se figea sur place, puis courut vers La Puce et le tira par la manche. Celui-ci le suivit et regarda à travers les barreaux de la grille qui entourait le jardin : sur les dalles mouillées par la pluie, on distinguait très nettement des empreintes.

— Et ça ? demanda La Puce au commissaire qui bougonnait dans son coin.

— Ça ? Ce sont les empreintes d'un chat qui rentre chez lui, repartit celui-ci, rien d'extraordinaire ! Des chats, il y en a plein la ville ! Je vous rappelle, détective, que c'est un tigre que nous cherchons !

— Oui, en effet, rien d'extraordinaire, répondit La Puce en faisant un clin d'œil discret à Gros Blair. Bon… Eh bien, salut, commissaire ! On va rentrer à pied. Marcher sous la pluie, ça nous rafraîchit les idées, à Gros Blair et à moi ! Je vous appellerai !

Gros Blair poussa le commissaire en lui donnant un coup de tête dans les fesses : lui aussi voulait s'en débarrasser. Nullos n'insista pas et partit, vexé, une fois de plus.

À peine la voiture avait-elle démarré que Gros

Blair se déchaîna. Il se mit à courir, à sauter, à tourner en rond en essayant d'attraper sa queue.

— Oui, oui, dit La Puce en lui grattant le ventre (en général, ça le calmait), j'ai bien vu. Les empreintes du chat montrent la même anomalie que celles du tigre : la griffe en moins à la patte arrière gauche... C'est bien beau, seulement quel rapport peut-il y avoir entre un chat et un tigre ?... Ce n'est pas vraiment le même format !... Il faut absolument savoir qui habite ici. Il n'y a rien nulle part, ni plaque, ni nom. Les volets sont fermés, mais je suis sûr que cette maison est habitée : le jardin est bien entretenu, les haies sont taillées, la pelouse bien verte... Gros Blair ! débrouille-toi pour entrer et va renifler autour de la maison. Moi, je fais le guet.

Gros Blair obéit et n'hésita pas à perdre une bonne poignée de poils en passant à travers une haie. Il colla son museau au ras des murs, sur le bas de la porte d'entrée et fit le tour de la maison. Puis il rejoignit La Puce.

— Alors, demanda celui-ci, la maison est habitée ?

— Waf !

— Il y a bien un chat à l'intérieur ?

— Waf ! Waf !

— Affirmatif ! C'est bon ! Nous sommes sur une piste… Bon, cogitons un instant…

La Puce embrassa le quartier d'un rapide coup d'œil.

— Le meilleur moyen de savoir qui habite cette maison et de connaître ses habitudes, conclut-il, c'est d'aller faire un tour dans le café d'en face. Il n'y a rien de plus bavard qu'un barman !

7

EN BAVARDANT AU BAR

La Puce se hissa sur un tabouret et s'installa au bar.

— Qu'est-ce que j'te sers, fiston ? demanda le patron.

— Une orange pressée, s'il vous plaît monsieur, et puis une écuelle avec de l'eau pour mon chien, il meurt de soif !

— D'accord mon gars, mais tu sais, normalement, un enfant ne doit pas entrer seul dans un bar !

— Je sais m'sieur, mais dehors il pleut à torrents. Maman m'a donné rendez-vous devant la maison, là. On devait visiter ma nouvelle école pour l'année prochaine. Mais elle a dû se tromper ! Cette maison, c'est pas une école ?

— Ah sûr que non ! C'est la maison du professeur Diabolo.

— Professeur ? Ah ! alors, c'est peut-être pour les cours particuliers, j'ai dû confondre... Il est prof de quoi ce monsieur ?
— Non mon gars, je dis professeur parce que c'est un vétérinaire.
— Ah ben ça alors ! Quelle coïncidence ! Justement, je cherche un vétérinaire pour Gros Blair, celui qui le soigne actuellement est trop brutal. Est-ce que vous savez s'il traite bien les animaux ce professeur... comment déjà ?
— Diabolo !... Il est à la retraite, fiston, il n'exerce plus ! Mais je pense qu'il traitait bien les animaux, y a qu'à voir comment il est avec son chat !
Gros Blair, qui s'était couché, se releva brusquement. Discrètement, La Puce lui fit signe de se recoucher.
— Ah bon ! il a un chat ? poursuivit La Puce.
— Oui, et il l'adore ! Il y a quelques mois, cet idiot de matou est tombé du haut d'un platane. Il est resté dix jours dans le coma. Il aurait été foutu si le professeur ne l'avait pas soigné lui-même. Il s'en est tiré sans rien, tu t'imagines, juste, je crois, un bobo à la patte. Fabuleux, non ?
La Puce avala de travers. Quant à Gros Blair, il posa ses deux pattes avant sur le comptoir et aboya.

— Eh ben ! Mon gars, tu bois trop vite, tu vas t'étouffer ! dit le barman amusé.
— Du calme, Gros Blair ! ordonna La Puce.
— Il est marrant ton chien, on dirait qu'il veut parler !
— Il a l'air sympa ce professeur Diabolo, non ?
— Beuh... sympa, c'est pas vraiment le mot. Il parle très peu, il vit seul avec son chat qu'il gâte comme un enfant... Remarque, ça s' comprend, il a longtemps vécu en Afrique puis en Asie, il était vétérinaire en chef dans une réserve. Ici, il doit se sentir un peu à l'étroit, il a toujours été habitué aux grands espaces, pas à la vie de la ville. C'est pour ça que tous les après-midi, entre trois heures et six heures, il sort et marche. Il va à pied jusqu'à la forêt et revient.
— Et après, il vient boire un coup ici ?
— Oh non, jamais ! Tout c' que je sais sur lui, c'est la boulangère qui m' l'a dit. Tous les jours, il achète des gâteaux frais pour son chat !
— Oh ! Voilà maman, dit brusquement La Puce, merci beaucoup m'sieur, c'était bien agréable de faire un brin de causette avec vous en attendant. Combien je vous dois ?
— Rien, fils, sauve-toi vite !
— Merci, m'sieur !

La Puce soupira, car il n'avait pas un sou en poche, et sortit. Il eut du mal à retenir Gros Blair qui s'apprêtait à foncer chez le professeur Diabolo.

— Tu es fou, Gros Blair ! Il est six heures moins dix, il va bientôt rentrer. Demain, on essaiera de pénétrer chez lui. Pour l'instant, viens ! On va faire semblant d'attendre le bus et voir un peu quelle tête il a, ce Diabolo !

Ils se postèrent à l'arrêt du 32, juste en face de la maison du professeur. Il était dix-huit heures moins une.

À dix-huit heures tapantes, un homme poussa la grille du jardin et introduisit une clé dans la serrure de la porte d'entrée. C'était un homme d'une soixantaine d'années. Il était encore très grand et bien bâti. Son visage n'offrait aucune particularité, si ce n'est des yeux étonnamment grands et verts…

8

Des vitamines pour La Puce

La Puce s'assura que sa maman était bien occupée à la cuisine et s'enferma pour téléphoner.

— Commissaire Nullos ? Toujours rien de nouveau à vous communiquer, mais je continue, je réfléchis et je sens que ça vient. Ne bougez pas du commissariat et attendez mon coup de fil ! Salut !

Il raccrocha sans laisser au commissaire le temps de placer un mot. Puis il alla trouver sa maman.

— Maman ! Je dois passer l'après-midi avec le commissaire Nullos. Il a de nouveaux témoins à me faire rencontrer.

— D'accord ! Du moment que tu ne traînes pas dehors et que tu restes avec le commissaire, je suis tranquille. Tiens ! Prends ton goûter !

— C'est quoi ?
— Des chouquettes et du chocolat.
— Ah non ! Où veux-tu que je les mette ?
— Tu es en pleine croissance, tu as besoin de manger, insista Mme Legrand en fourrant de force le sachet dans la poche de son blouson. À ce soir mon choupinet ! Sois là avant sept heures pour le dîner !
— OK m'man !
La Puce procédait toujours de la même façon. Il faisait croire au commissaire qu'il restait chez lui à réfléchir, ainsi il n'avait pas ce gros lourdaud dans les jambes ; et il affirmait à sa maman qu'il était avec Nullos, comme ça elle ne se faisait pas de soucis.

À quinze heures et dix minutes, La Puce et Gros Blair se trouvèrent devant la maison du professeur Diabolo. Ils avaient un peu moins de trois heures pour trouver ce qu'ils cherchaient.
La Puce poussa la grille du jardin ; il constata avec surprise qu'elle n'était pas fermée à clé comme la veille. Il fit le tour de la maison et trouva la porte de service. D'un coup de tête, Gros Blair fit sauter la serrure qui n'offrit qu'une faible résistance.

Ils entrèrent. À l'intérieur, il régnait une odeur de propre et une atmosphère tout à fait sereine. Ils suivirent un étroit corridor qui menait à une salle de séjour.

Celle-ci était décorée avec un goût fort original. Il n'y avait pratiquement pas de meubles, juste un fauteuil et une table basse en bambou. Le plancher était recouvert de nattes en paille. Disposées un peu partout, d'immenses plantes vertes semblaient proliférer à vue d'œil et assombrissaient la pièce. Aux murs, on pouvait voir des masques de sorciers et, posées au sol, on devinait entre les plantes de très belles statues d'art nègre.

— Apparemment, chuchota La Puce quelque peu impressionné par le décor, ce professeur Diabolo a la nostalgie de l'Afrique. On se croirait en pleine brousse… C'est beau, tu ne trouves pas, Gros Blair ?

Mais Gros Blair ne s'attardait pas à contempler le paysage. Il reniflait, reniflait sans trêve et avec fébrilité.

— C'est le chat que tu sens ? demanda La Puce.

Gros Blair fit trois fois le tour de la pièce, puis stoppa net, les oreilles en pointe, devant l'unique fauteuil dont le dossier était collé au mur.

— Je ne vois rien ! dit La Puce.

Puis il lui sembla entendre un bruit à peine perceptible : celui d'une faible respiration saccadée. Il se mit à genoux sur le fauteuil et regarda par-dessus le dossier.

— Il est là !

En effet, tapi derrière le fauteuil, presque plaqué au mur, un chat se cachait. La Puce essaya de le faire sortir.

— Psst ! Minet !... Viens !... Sors, n'aie pas peur, minou ronron... Gentil...

Gros Blair recula à l'autre bout de la pièce : il détestait les chats mais, pour la circonstance, il était prêt à se montrer patient.
Le chat avança timidement une patte, puis un bout de moustache et finit par se montrer entièrement. La Puce le caressa et le chat parut apprécier cette manifestation de tendresse. Il n'avait apparemment pas un brin d'agressivité. Voyant qu'on ne lui voulait pas de mal, il alla tranquillement s'allonger au pied d'un des immenses yuccas qui ornaient la pièce.
La Puce le contempla quelques instants, perplexe.
— À part cette griffe en moins à la patte arrière gauche, je ne vois pas le rapport entre cet inoffensif minet et le tigre... Zut et rataflûte !... J'ai l'impression qu'on a tout faux, tu crois pas Blairo ?... Gros Blair ?... Gros Blair ! Où es-tu ?... Mais où es-tu passé ? Réponds-moi !
Gros Blair n'était plus dans la pièce.
La Puce, inquiet, quitta lui aussi la salle de séjour et aperçut son chien à l'autre bout du corridor, le museau collé au bas d'une porte.
— Ouf ! Ne me fais plus des peurs pareilles... Tu crois qu'il y a quelque chose d'intéressant derrière cette porte ? demanda-t-il.

En guise de réponse, Gros Blair essaya de faire passer sa truffe sous la porte et se fit mal.

— Attends ! Tu vas t'écrabouiller le museau ! Essayons d'abord avec la poignée… Tiens, regarde, nunuche, c'est ouvert !

La porte s'ouvrit sur un laboratoire.

Une immense table de travail coupait la pièce en deux. Des bouteilles y étaient posées, en nombre prodigieux. Elles contenaient toutes des liquides de couleurs différentes qui allaient du jaune opaque au noir d'encre. Certaines d'entre elles étaient reliées par des tuyaux transparents. À l'intérieur de ces fioles, le liquide bouillonnait activement, si bien que la pièce résonnait d'un « glouglou » lancinant et inquiétant.

— Oh ! là là ! J'aime pas ça ! murmura La Puce. Ce professeur Diabolo doit faire des expériences bizarroïdes… Je suis sûr que ce laboratoire contient la clé du mystère… Mais où exactement ?… Il vaut mieux ne pas toucher à ces bouteilles, Gros Blair, on dirait qu'elles vont exploser… Qu'est-ce que tu as, Blairo ? Pourquoi tu restes planté là ? Vas-y, cherche !

Mais Gros Blair semblait pétrifié.

Il était assis, sa queue s'était roulée en spirale tout contre son derrière, ce qui, chez lui, était le

signe d'une vive inquiétude. Il regardait en grognant une mini-vitrine installée au-dessus d'un évier, dans le coin le plus sombre du laboratoire. Dans cette vitrine se trouvaient deux flacons.
La frange de poils, qui, d'ordinaire, lui cachait les yeux, s'était dressée sur sa tête, ce qui se produisait extrêmement rarement, et l'on pouvait lire dans le regard de Gros Blair ainsi dévoilé une indicible frayeur.
— Tu crois que c'est ce que nous cherchons, ces flacons ? demanda La Puce, très impressionné par l'état de son fidèle compagnon.
Il monta sur un tabouret et essaya d'ouvrir la vitrine : impossible, elle était fermée à clé. En revanche, il put voir que chacun des flacons portait une étiquette où étaient inscrites des initiales.
— ST, AD, lut La Puce à haute voix.
Il descendit de son perchoir et s'assit par terre près de Gros Blair, éprouvant soudainement le besoin de se blottir contre lui.
— ST... AD..., répéta-t-il. Qu'est-ce que cela peut bien vouloir dire ? A... D... D, comme... Voyons, réfléchissons... Peut-être D, comme Diabolo ?... Oui, sans doute, et A serait l'initiale d'un prénom : Albert, Auguste, peu importe, une signature quoi...

La Puce regarda Gros Blair. Il ne bougeait pas d'un pouce : les yeux rivés sur les flacons, le souffle rauque. Pourquoi donc était-il si tendu, prêt à bondir ?

— Et ST ? reprit La Puce. S comme sirop, sucre, salive... À ton avis, Blairo ?

Gros Blair secoua négativement la tête.

— Oh ! là là ! C'est pire que des hiéroglyphes !... T, comme... taré ? Non, to... ti... tigre ! T comme tigre !

— Waf ! Waf ! approuva Gros Blair dans un aboiement proche du grognement.

— D'accord, mais soupe de tigre, sirop de tigre, ça ne veut rien dire tout ça !

— Non, mais Sérum-Tigre, ça, cela veut dire quelque chose ! déclara une voix sonore derrière eux.

À ce moment-là, la porte du laboratoire claqua, un grand filet tomba du plafond et s'abattit sur La Puce et Gros Blair, les faisant irrémédiablement prisonniers.

9

PRIS AU PIÈGE

La Puce et Gros Blair se débattirent, ce qui eut pour effet de les empêtrer un peu plus dans les mailles du filet.

— Bravo pour ton flair, Gros Blair, chuchota La Puce. Tu n'as pas senti qu'il approchait ?

La porte se rouvrit et le professeur Diabolo entra.

— Ne lui faites pas de reproches, dit-il, il ne pouvait pas sentir que j'arrivais : je suis aspergé d'une substance dont j'ai le secret et qui neutralise mon odeur d'humain… Cher détective La Puce, je suis ravi de faire votre connaissance, ainsi que celle de votre briard. Il est superbe ! Un pur race, je suppose ?

Gros Blair grogna et passa deux crocs menaçants à travers les mailles du filet.

— Dès que j'ai su que le commissaire Nullos avait sollicité votre aide, poursuivit le professeur en tournant autour du filet, je me suis préparé à recevoir votre visite. Je vous ai vu, hier soir, à l'arrêt de l'autobus en face… Il faut dire qu'avec votre compagnon, vous ne passez pas inaperçu et puis, il perd ses poils, j'en ai retrouvé une pleine poignée dans le jardin… En tout cas, je suis enchanté de vous avoir pour hôtes. Vous allez assister à un spectacle que vous n'êtes pas près d'oublier. Malheureusement, vous ne pourrez le raconter à personne…

Gros Blair cacha sa tête sous les bras de La Puce. Ses grognements se turent.

Le professeur se dirigea vers la vitrine suspendue, l'ouvrit et s'empara des deux flacons qu'il posa très délicatement sur la table de travail.

— Oui, reprit-il, vous vous interrogiez sur l'inscription que porte cette fiole. Comme je vous l'ai dit, ST signifie Sérum-Tigre. J'ai passé dix ans de ma vie à fabriquer cette potion avec diverses substances que j'ai rapportées d'Asie ; dix ans d'un travail acharné, nuit et jour… Et j'ai enfin réussi ! Mes efforts ont été couronnés par un succès triomphant !… Grâce à ce liquide, je suis capable de transformer n'importe quel chat en tigre.

La Puce étouffa un cri de stupeur.

— Parfaitement ! continua le professeur avec un large sourire. Le tigre qui rôde dans la ville depuis une semaine n'est autre que Poussycat, mon chat. Je crois que vous avez déjà fait connaissance… Poussycat n'est pas agressif, c'est pourquoi en tant que tigre, il n'a commis aucun dégât important. Son goût pour les gâteaux s'est simplement décuplé. Mais il me suffit de trouver un chat plus sauvage et il en naîtra un véritable tigre, de la trempe de ceux dont je m'occupais en Asie.

— Mais, professeur… risqua La Puce.
— Tais-toi ! hurla Diabolo dont les yeux verts lançaient des éclairs. Je ne supporte pas d'être interrompu lorsque je dévoile les mystères de mes expériences !
Il s'épongea le front avec un mouchoir blanc puis, plus calme, reprit :
— Je vais, petit à petit, transformer cet enfer citadin en jungle. Je déteste la ville ! Bientôt, il n'y aura plus ici que des bêtes féroces ! Je changerai tous les animaux domestiques en félins !… L'Histoire sera marquée par l'empreinte du professeur Diabolo !… Mais assez de bavardages ! Préparez-vous, La Puce, à assister à un spectacle grandiose !

10

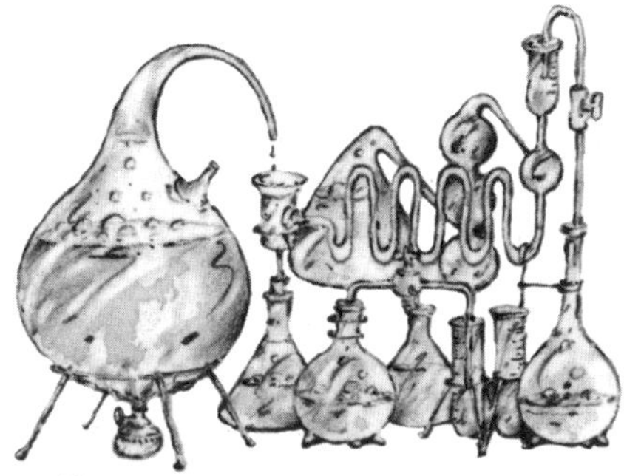

Pas d'antidote pour Poussycat

Le professeur se dirigea vers la porte du laboratoire et l'entrouvrit légèrement, sans quitter des yeux La Puce et Gros Blair toujours prisonniers du filet.

— Poussycat ! appela-t-il, Poussycat ! Viens, mon minet !...

Le chat passa sa petite tête à travers l'entrebâillement de la porte.

Le professeur prit alors une écuelle dans laquelle il y avait du lait et y versa quatre gouttes du sérum ST... Il posa l'écuelle devant Poussycat qui but goulûment.

— Poussycat, expliqua-t-il, est obligé de boire. Il a très soif, je ne lui donne rien d'autre durant la journée... Et maintenant, La Puce, ouvre grand tes yeux !

Le chat, après avoir entièrement bu le liquide, s'écroula sur le sol, évanoui. Ensuite, il fut pris de convulsions. Ses pattes et sa queue se raidirent, ses crocs et ses griffes s'allongèrent démesurément. Son poil se hérissa et, progressivement, changea de couleur : des zébrures noires et jaunes apparurent. Enfin, il ouvrit la gueule, poussa un gémissement terrible qui manifestait une grande souffrance et, d'un bond, se retrouva sur ses quatre pattes : sa taille s'était multipliée par quarante. Poussycat avait disparu pour laisser place… au tigre !
La Puce se pinça fortement pour se prouver qu'il ne rêvait pas. Mais il était bien éveillé et l'animal qui le fixait de son regard profond était, à n'en pas douter, de chair et d'os. Gros Blair, lui, avait toujours la tête enfouie sous les bras de La Puce. Apparemment, le spectacle ne l'intéressait pas…
— Extraordinaire, non ? demanda le professeur dont les yeux ressemblaient de plus en plus à ceux de sa créature… Ce tigre redevient chat dès qu'il absorbe le liquide contenu dans le deuxième flacon. Eh oui ! mon cher La Puce, AD signifie tout simplement « antidote »… Vous comprenez à présent pourquoi il était impossible à ce misé-

rable commissaire Nullos de découvrir où se cachait le tigre... Mais dorénavant, cet antidote ne m'est plus d'aucune utilité, j'ai décidé que Poussycat resterait tigre.
Et il s'approcha de l'évier au-dessus duquel il pencha la fiole.
— Non ! hurla La Puce, ne faites pas ça !
Mais Diabolo, dans un grand éclat de rire, vida la bouteille jusqu'à la dernière goutte et la brisa en mille morceaux.
— À présent, détective La Puce, je me vois dans l'obligation de vous faire disparaître, vous et votre chien. Croyez bien que je le regrette sincèrement, mais la tâche que je dois accomplir est d'une trop grande importance, je ne puis faire autrement... Le tigre a faim et ce soir, il n'y a pas de gâteaux dans la pièce, seulement vous et votre compagnon... Le tigre s'en accommodera...

11

ATTENTION, CHAT GOURMAND !

Le professeur s'apprêta à sortir, mais Gros Blair qui, caché sous les bras de La Puce, avait rongé avec ses crocs la corde du filet se dégagea rapidement et bondit sur lui. Il le fit tomber et le plaqua au sol en tenant sa gorge bien serrée dans sa gueule et en s'allongeant de tout son long sur lui.

Sous ses vingt kilos de muscles et ses quelques centaines de grammes de poils, le professeur ne put faire un mouvement pour se dégager.

La Puce, qui derrière son chien avait trouvé une issue hors du filet, voulut quitter la pièce. Mais le tigre lui barrait le chemin. Que faire ? Comment aller chercher du secours ?

Le tigre paraissait calme, il le regardait fixement. La Puce sentit sa gorge se dessécher, il se

mit à transpirer, à trembler légèrement. Tout à coup, il se souvint qu'il avait dans sa poche le sachet de chouquettes et la tablette de chocolat que sa maman lui avait donnés pour le goûter. Il les jeta au fauve qui se précipita dessus. La Puce fila alors dans le corridor où il avait repéré un téléphone. Il composa rapidement un numéro.
« Ah ! Maman ! Maman ! se dit-il en lui-même, merci d'avoir pensé à mon goûter ! »
Il entendit avec soulagement la voix du commissaire à l'autre bout du fil.
— Vite ! Venez avec tous vos hommes et une grande cage au coin des rues du Chemin et de l'Arrivée !

Il raccrocha et étouffa un cri : le tigre l'avait suivi dans le corridor. Il avait avalé les chouquettes et le chocolat en moins de temps qu'il n'en faut pour le dire. Cette petite collation n'avait fait que le mettre en appétit. Pas de doute : il avait encore très faim.

La Puce fouilla fébrilement dans ses poches. Il y trouva quelques vieux bonbons, des restes de Nuts écrasés, des bouts de Chocos BN rancis. Il jeta tout cela au tigre qui n'en fit qu'une bouchée. Il n'eut bientôt plus en sa possession

qu'une pièce en chocolat. Il essaya de retirer le papier métallique qui l'enveloppait, mais la peur rendait ses mouvements maladroits et il ne fit qu'écraser le chocolat sur ses doigts. Il baissa les bras, désespéré, prêt à fondre en larmes. Alors le félin commença à s'approcher de lui, lentement, d'un pas régulier. Il fut bientôt si près que La Puce sentit contre ses jambes la chaleur de l'animal. L'enfant ferma les yeux. Il eut alors l'impression que quelque chose d'humide et de râpeux caressait ses mains : le tigre s'était mis à lécher le chocolat sur ses doigts.

La Puce demeura immobile... Au bout de quelques secondes, il constata que ses doigts étaient nets, les dernières traces de chocolat avaient disparu... Quand la caresse de cette langue allait-elle se transformer en morsure ?

La Puce pleurait à présent. Or voilà que, malgré les larmes qui lui brouillaient la vue, il crut distinguer à l'autre bout du corridor une silhouette qui se profilait dans la pénombre. Elle devint bientôt tout à fait nette. La Puce poussa un profond soupir de soulagement : le commissaire Nullos était enfin arrivé !

Jamais il ne fut si content de le voir.

Les hommes de l'équipe Nullos firent irruption

dans la maison et passèrent les menottes au professeur, tandis que Gros Blair lui plantait rageusement ses canines dans les fesses.
Ils n'eurent aucune difficulté à faire entrer le tigre, qui, décidément, n'avait pas un sou d'agressivité, dans la fourgonnette-cage qui l'attendait dehors.
Diabolo fut conduit en prison et le tigre, au zoo. Quant à La Puce, il se blottit dans la fourrure de son Blairo pour se remettre de ses frayeurs.

12

ÇA SENT LE FAUVE

Le commissaire Nullos raccompagna La Puce et Gros Blair chez eux. Dans la voiture, il se risqua à demander :

— Détective, est-ce que... je pourrais savoir...

— Non ! l'interrompit La Puce avec un sourire coquin. Je ne vous dirai pas comment nous avons fait pour trouver la solution de l'énigme. Rappelez-vous, ça fait partie de notre contrat !

— C'est vrai ! C'est vrai ! soupira Nullos, je n'insiste pas... Bon ! eh bien ! merci La Puce, conclut-il en lui ouvrant la portière.

— Dites, maman ne sait rien au moins ?

— Non, rassurez-vous, je ne l'ai pas appelée.

— Génial, alors salut !

À ce moment, Mme Legrand, qui guettait sur le pas de la porte, s'approcha d'eux.

— Ah ! ce n'est pas trop tôt ! Je t'avais dit d'être là à sept heures, il est sept heures cinq, je commençais à m'inquiéter !... Dites, commissaire, c'est fini cette histoire de tigre ou pas encore ?

— Soyez sans crainte, madame Legrand, tout est réglé ! Nous n'avons plus besoin de votre fils.

— Tant mieux ! Au revoir commissaire, je ne vous dis pas à bientôt !

Puis, poussant La Puce et Gros Blair à l'intérieur de la maison :

— Allez vous deux ! dans la baignoire ! Vous sentez le fauve !... Et puis demain, La Puce, tu reprends l'école !

Gros Blair baissa la queue et les oreilles : il n'aimait pas que son copain aille à l'école, car il restait seul et, sans lui, ses journées étaient bien tristes.

La Puce lui fit un clin d'œil.

— Ouais, soupira-t-il, c'est fini la rigolade !

TABLE DES CHAPITRES

Sarah Cohen-Scali s'est passionnée pour la philosophie et le théâtre. Aujourd'hui, elle n'est ni professeur de philosophie ni comédienne, mais auteur reconnu pour les adultes et la jeunesse. Elle a publié plus d'une trentaine de romans pour les enfants, dont la série des enquêtes de La Puce chez Casterman.

DU MÊME AUTEUR

Aux éditions Casterman

DANGER D'AMOUR

Série La Puce :
LA PUCE, DÉTECTIVE RUSÉ
MEURTRES AU PAYS DES PELUCHES
L'ÉCOLE FRISSONNIÈRE
DODO LA TERREUR

COLLECTION MYSTÈRE
JUNIOR / DÈS 10 ANS

Robert Boudet
MON PROF EST UN ESPION

Jean-François Chabas
UNE MOITIÉ DE WASICUN
Prix du Saint-Dié jeunesse 1996
NISRINE ET LUCIFER

Sarah Cohen-Scali
LA PUCE
LA PUCE, DÉTECTIVE RUSÉ
MEURTRES AU PAYS DES PELUCHES
L'ÉCOLE FRISSONNIÈRE
DODO LA TERREUR

DANGER D'AMOUR

Stéphane Daniel
LES MOUSQUETAIRES DE BELLEVILLE
UN TAG POUR LISA
Prix des Bobigneries 1993
Prix de la ville d'Évreux 1994
QUERCY RAP
MARCHANDS DE SOMMEIL
LE MYSTÈRE MALALA

Irina Drozd
LE MESSAGE
L'ACCIDENT
LA PLACE VIDE
IDENTITÉ VOLÉE

Elsie Johanson
DU COURRIER POUR LE CHAT

Roland Lamarre
COMME SA PETITE SŒUR
VERSION OFFICIELLE

Olivier Lécrivain
BLUES POUR MARCO

Patrick Mosconi
LE VOLEUR DE FAMILLE

Yves Pinguilly
FROLOT
UNE SEMAINE AU CIMETIÈRE
OÙ SONT PASSÉES LES MÉMÉS ?
ROCK PARKING
MA POUPÉE CHÉRIE
PAS D' POT POUR LES POULES

LE STRIP-TEASE DE LA MAÎTRESSE
Prix de littérature enfantine de Martel 1997

Marie-Sophie Vermot
ÉCHAPPÉ SUR POINTES

Jean-Louis Viot
TOUT FAUX, LUDO !